# POËME.

# POËME

SUR

## LA NAISSANCE DE MONSEIGNEUR

## LE DUC DE BORDEAUX,

*Par P. - S. Lemire.*

SENLIS,

TREMBLAY, Imprimeur de S. A. S. Mgr. le DUC de
BOURBON, PRINCE de CONDÉ.

———

1821.

Y+

# ESSAI

## SUR LA NAISSANCE DE MONSEIGNEUR
## LE DUC DE BORDEAUX.

C'est par le sentiment que l'on tient à la vie;
Il est tout pour un cœur qui chérit sa patrie :
Souffre-t-elle? Il n'a plus que de tristes accens;
Heureuse, elle ranime et sa joie et ses chants.
Muse de mes loisirs compagne inséparable,
Laisse d'anciens tourmens le sujet déplorable:
S'il est de joyeux soins un but délicieux,
C'est celui qu'en ce jour ont obtenu nos vœux.
Oui, le ciel est sensible aux besoins de la terre;
Oui, Dieu, de ses enfans, exauce la prière.
Que le chrétien triomphe et que tout être humain
Sache qu'étant pieux on ne l'est pas envain!
Que le monde entier dise en voyant notre France
Qu'au fort de ses douleurs soigne la providence,
» Ceci n'est point un jeu de la fatalité,
» Et la vertu peut croire à la félicité. »
Ce qu'est dans nos vergers le beau règne de Flore,
Ce qu'après la nuit sombre est la brillante aurore,
L'Enfant qui nous est né l'est pour le sol français;
Chantons, Muse, chantons le plus grand des bienfaits.
Un bienfait a son prix selon qu'on le désire.
Quel organe peindra, quelle voix saura dire
Tout ce qui fut offert d'encens aux immortels,
Ces prières, ces vœux faits au pied des autels,

Et ce que l'indigence a reçu de largesses
Pour obtenir du ciel l'une de ces richesses
Dont le goût, dont le choix contentent tous les cœurs ?
Qui connaît de la soif les brûlantes ardeurs
Du plus juste désir peut se faire une idée.
Sur son modèle heureux portons notre pensée.

    Toute au dur souvenir de son récent malheur
Caroline livrait ses jours à la langueur.
Par l'effet des chagrins dont son âme était pleine
Chaque heure, chaque instant ajoutait à sa peine ;
Aux soins qu'on lui rendait doublés et continus
Tout répondait en elle : ah ! mon époux n'est plus !
Ses yeux baignés de pleurs mouraient à la lumière,
Quand le sommeil enfin vint clore sa paupière.
O sommeil, ô bienfait, gloire du créateur,
Frère aîné de la paix, image du bonheur,
Et puissant contrepoids des misères humaines,
Si du méchant puni tu soulèves les chaînes,
De ton charme vainqueur qu'attendra la vertu ?
Dans ses pires tourmens que lui réserves-tu ?
Quelques récits qu'ait fait la véridique histoire
Caroline a parlé, c'est elle qu'il faut croire.
Sa tête reposait sur le tendre duvet
Que du moins un instant respectait le regret,
Ou plutôt que soudain, sorte d'apothéose,
Un songe vint changer en oreiller de rose.
Un ange ouvre à ses yeux le céleste séjour ;
Est-ce elle qu'introduit dans la divine cour
L'esprit plus que témoin de la fête éternelle ?
Est-ce de Saint-Louis la bonté paternelle
Qui de sa fille prend un soin particulier ?
Il s'avance et d'un air auguste et familier :

» Ta peine, lui dit-il, est un vrai sacrifice ;
» L'Éternel le reçoit et par mon doux office
» A tes desirs, ma fille, en annonce le prix.
» Que Caroline vive, il lui promet un fils. »
La princesse à ce mot de joie est inondée.
Ce qu'elle vient d'entendre enchaîne sa pensée.
Son âme est toute en Dieu, mortelle elle a goûté
De l'immortel bonheur dans sa réalité.
Ah! qu'on ne dise pas qu'un songe n'est que fable.
Non ; ce qui rend heureux est toujours véritable.
Avec ou sans son corps Paul au troisième ciel
Sent qu'il n'est plus lui-même ou qu'il est immortel ;
De même la princesse a connu des délices
Dont sans cesse son cœur savoure les prémices
Sans pouvoir les comprendre ; et quel langage humain
Pourra même ébaucher ce songe tout divin,
Dont l'ingénu récit a reçu de sa bouche
La vertu de l'aimant que suit tout ce qu'il touche?
Toujours la piété comme dans un miroir
Remettra sous ses yeux ce qu'elle lui fit voir,
Non son époux alors, ah! l'humaine faiblesse
Ne permet pas deux fois une égale tendresse,
Et le ciel, ce séjour des seuls réels plaisirs,
Ne connaît ni regrets ni douloureux soupirs.
Cependant le Saint Roi qui protège la France,
Au nom du Dieu vivant commande à l'espérance
De veiller sur sa fille et les jours et les nuits,
D'adoucir ses chagrins, de charmer ses ennuis,
Et par tout ce qui plaît à l'aimable innocence
De recréer son vœu jusqu'à sa récompense.
L'amante des mortels avec zèle obéit,
Et chère à la princesse auprès d'elle remplit

Les soins, les tendres soins qui rendent l'âme heureuse.
L'espérance peut tout sur une âme pieuse.
Qu'ils sont heureux les cœurs sur qui la piété
Répand le doux éclat de sa sérénité !
C'est de cet astre pur que naît la vive flamme,
Qui rend la vie au cœur et l'exercice à l'âme:
Qui fait que la pensée aux habitans des cieux
S'associe aisément et commerce avec eux.
Avec lui l'on s'élève au dessus des nuages,
On ne désire plus, on est loin des orages;
Et si l'on tient au monde encor par quelqu'endroit
C'est pour envers les siens acquitter ce qu'on doit,
Pour prodiguer les dons de la reconnaissance
Non moins que pour verser ceux de la bienfaisance;
C'est par là que la terre offre quelques attraits;
Le reste n'est qu'un champ de soucis, de regrets,
A moins que dans l'écart de quelque solitude,
D'être étranger au monde on ait fait son étude;
Mais alors est-ce vivre, est-ce se voir heureux
Que de fuir les mortels et n'être rien pour eux?
Quoi ! n'est-ce pas en Dieu traiter la race humaine
Que de substituer le plaisir à la peine ?
Caroline le fit et dans ce beau désir,
Elle fut du succès la première à jouir.
Depuis l'instant fatal qui fut pour la princesse
L'impérieux avis d'un long cours de tristesse,
L'astre qui nous apprend à calculer les mois
Renouvellait le sien pour la huitième fois,
C'était la nuit encor qui sous ses sombres voiles
Laissait apercevoir le lustre des étoiles.
Image des douceurs d'une profonde paix
Le repos sous sa loi tenait tout le palais.

Un mot se fait entendre: oh LA BONNE NOUVELLE !
A ce mot tout s'émeut, gardes et sentinelle ;
De son lit la princesse entr'ouvre les rideaux ,
Venez, dit-elle, voir naître un Duc de Bordeaux.
C'est ce nom si flatteur qui pour prix d'un beau zèle
Doit dès-lors illustrer une ville fidèle ;
Les annales du tems, riches des plus grands traits,
Dans celui-ci surtout plairont aux cœurs français.
Et nos derniers neveux reliront dans l'histoire
Comme le nom cité mérita tant de gloire,
Que d'un côté s'il fut un gage de faveur,
De l'autre la vertu s'en fit un point d'honneur.
Dans l'immense palais nommé les Tuilleries
Qui réunit lui seul comme plusieurs patries, .
Séjour du militaire et de l'homme d'état,
Les chefs, les serviteurs , le prince et son sénat
Et l'auguste famille, et ceux qu'un noble office
Destine à diriger et l'ordre et le service,
Partout se met l'éveil ; la nuit devient le jour,
On les voit se presser ensemble et tour-à-tour,
On dévore des yeux l'intérêt d'un spectacle
Où la bonté du ciel par un double miracle
Et de joie et d'espoir va remplir tous les cœurs ;
Ici l'enfantement méconnaît les douleurs ;
Celle qui le subit commande à la nature ;
Un Bourbon vient de naître, elle veut qu'on s'assure
Des droits qu'à l'annoncer aura la vérité ;
L'honneur est par Coigny pour témoin invité.
L'honneur chez nos Français est le lot militaire,
C'est le type certain d'une âme grande et fière,
Les procédés honteux, les termes mensongers
Offensent ses regards et lui sont étrangers.

Près de nos Rois surtout sa légion d'élite
Sous son nom nuit et jour sert de garde ou de suite ;
Héricart de Thury, Rosigneux son consors
Sur le royal asile, en dedans, en dehors,
Promenaient de concert l'œil de la vigilance.
Quatre argus de leur choix représentent la France.
L'ardeur respectueuse avance avec Lainé,
Que suivent Triozon, Dauphinot et Peigné.
Deneux qu'en l'art si cher appelé médecine
Aurait eu pour rival Esculape ou Lucine,
Deneux qu'assigne à l'œuvre un astre bienfaisant
A délivré soudain et la mère et l'enfant.
Mais le même transport, la même foi rassemble
Dans le vœu du succès tout ce qui lui ressemble.
Tels sont Albufera, Portal et Dupuytren,
Distel, Boron, Bougon, Alibert et Guérin.
Las ! Ils ont les premiers du bonheur de la France
A pleines coupes bu l'exquise jouissance.
Avant l'aube du jour, ils ont vu ce soleil
Du ciel présent exprès et présent sans pareil,
Qui de nos maux passés effacera les traces
Et que né l'on doit dire en présence des Graces.
*Le mouvement augmente en la royale cour ;*
*La rose de la joie éclot avant le jour.*
Tous les cœurs sont amis ; un ami dit à l'autre :
Quel heureux coup du ciel ! quel bonheur est le nôtre !
Ou si, comme il arrive en un bonheur complet,
On veut parler, d'abord on sent qu'on est muet ;
On se donne la main, on demeure en extase,
Un serrement de bras tient lieu de toute phrase.
Mais quand la joie éclate, est-ce pour un seul lieu ?
A l'ordre qu'a donné l'attentif Richelieu.

Objecte-t-on la nuit et son tems de ténèbres ?
» Pour publier, dit-il, un bonheur si célèbre
» A toute heure il est jour..... » — Mais c'est un vendredi
Dit un timide augure; un plus juste redit
C'est le jour du salut; soudain la capitale
A retenti du bruit de l'annonce royale ;
On s'éveille en sursaut; la ville et son contour
En ont compté les coups qui dès heures du jour
Ont égalé le nombre ; il part ce cri de joie
C'est CHARLES FERDINAND que le ciel nous renvoie ;
Et ce cri triomphant par élans répété
Est l'écho des transports d'un peuple électrisé.
Le feu du sentiment, la force de sa flamme
Passe du cœur aux yeux où se peint toute l'âme !
O vous qui l'admirez dans ses nobles effets
Et qu'il charme surtout par ses plus doux attraits,
Parcourez ce Paris , voyez, toutes ces mères
Éprises d'un récit qui va les rendre fières ;
Quand un enfantement de tous fait le bonheur
De toutes il semble être et l'ouvrage et l'honneur.
Le flux des gais propos coule avec abondance ;
L'une vient de donner un poupon à la France ,
De celui-ci, dit-elle , il fut le précurseur;
Moi : celui que j'aurai sera son serviteur
Dit l'autre; un auditeur qui, brave militaire
Quand il s'agit d'honneur n'est point homme à se taire
Reprend ; dix ans de plus pour lui je servirai.....
Un autre : à son service ? hé bien moi j'y mourrai.
Non l'airain foudroyant souvent signe d'alarmes
N'est plus rien pour un monde où tout n'est plus que charmes.
On ne l'entendrait point où l'air n'admet qu'un son
VIVE CE DIEU DONNÉ ! VIVE CE CHER BOURBON !

Tandis que d'un côté qui le voit le contemple,
La foule d'autre part se porte au premier temple;
Tel qu'il soit c'est celui qu'ouvre la piété;
C'est le lieu d'un retour justement mérité;
Là se presse à torrents l'ardente multitude,
D'un jour de plus d'éclat magnifique prélude.
Le prêtre et le fidèle unissent leurs accens;
L'yvresse du plaisir dicte les premiers chants.
Qui s'y porte à bénir le bienfaiteur suprême,
A le prier de plus son ardeur est la même.
» Inépuisable auteur de grâces, de bienfaits,
» Grand Dieu conserve nous le don que tu nous fais:
» S'il est à nos regards un trait de ta puissance
» Qu'il en soit un aux tiens de sa reconnaissance;
» Que notre amour pour lui nous garde tes bontés!
» Venez, anges du ciel, veiller à ses côtés.
» Quand nous bénissons Dieu nous sommes votre image;
» Mais vous possédez seuls le bonheur du message;
» Portez lui notre encens, nous partageons vos feux,
» Partagez nos désirs et secondez nos vœux.
» O Michel, toi de Dieu la force triomphante
» Qui sous ton pied vainqueur et ta main menaçante
» Réduis à l'impuissance et contrains au repos
» Le chef, l'horrible chef des esprits infernaux,
» Ah! si pour notre espoir la France est ta conquête
» Fais-lui voir qu'aujourd'hui tu pris part à sa fête;
» Que ce jour de tout tems en ton nom consacré
» A ce titre nouveau soit de plus célébré.
» Qu'il serve d'origine au plus heureux des âges;
» Qu'en bénissant un fils né sous ces doux présages
» On répète à jamais ce qu'on a dit toujours
» Michel protégera nos vœux et nos amours. »

Outre ces purs élans d'une piété tendre
D'autres non moins fréquens ailleurs se font entendre.
Ce ne sont plus ces cris, ces atroces clameurs
Que poussaient dans Paris de perfides auteurs ;
Qui d'un peuple séduit par de fausses images
Dénaturaient ce goût connu dans tous les âges
D'offrir ses premiers vœux au premier bienfaiteur.
Mais qui peindra jamais ce spectacle enchanteur
Que donne à nos Français leur Monarque et leur père ?
Il vient du cher enfant féliciter la mère,
Et d'elle il le reçoit.... Il le met sur son cœur
Puis Du Gay Jocanson lui montrant la liqueur
Et frottant d'un peu d'ail ses deux lèvres vermeilles
Il lui fait entrevoir de futures merveilles ;
Car dit un saint oracle, avec force et santé
Le bon vin donne à l'homme et courage et gaîté.
L'enfant bientôt a bu.... Son exemple agréable
Dans Paris, dans la France ira de table en table
Où le jus de Bordeaux se joint au meilleur mêt.
Henri IV revit avec Jeanne d'Albret ;
D'Antoine Navarre on s'y redit l'histoire,
Avec les Bourbons même on s'imagine boire.
Du peuple cependant, cette classe d'humains
Qui vit péniblement du travail de ses mains,
Les transports ont charmé le Monarque sensible
Qui du balcon royal, par maint geste visible
Soit saluant du front, soit la main sur son cœur
Veut montrer ce qu'il est dans le commun bonheur.
Aux acclamations il impose silence :
Du ton et de l'accent de la vraie éloquence :
» C'est vous ainsi que moi, dit-il, mes chers Français,
» Que Dieu daigne aujourd'hui combler de ses bienfaits.

» Votre joie est bien juste et centuple la mienne;
» Avec moi ma famille y joint aussi la sienne.
» L'enfant né pour nous tous aura pour vous un jour
» Ce que les miens et moi nous vous jurons d'amour.
Contenant son essor la foule entend l'oracle;
Non jamais on ne vit un si divin spectacle.
Louis ne parlait plus on l'écoutait encor.
Mais voici que soudain l'élan reprend essor.
Les cris perçant les airs, on dirait que la France
Est ici le contour d'une forêt immense;
Dont le feuillage épais et les arbres émus
Rendent des sons divers et des accens confus.
On dirait que la mer dans ses veines profondes
Élève vers les cieux l'hommage de ses ondes.
Toutes fois on distingue et ces mots et ces noms;
Vive le ROI, BORDEAUX, la DUCHESSE, BOURBONS.
Puis chacun de ces cris qu'en chantant on divise
Termine un gai refrein, une aimable devise.
Grand Dieu que d'heureux chants, que d'impromptus divers,
Ont répandu d'abord la gaîté dans les airs !
Gloire de leurs auteurs, trésor de la mémoire
Ils serviront un jour de repos à l'histoire;
C'est ainsi que l'on voit de joyeux voyageurs
S'amuser un instant à cueillir quelques fleurs;
De leurs jolis dictons plus d'un lecteur s'amuse
Le défi se permet et le défaut s'excuse.
Mais ce n'est rien encor, la gloire anime tout.
Il n'est être vivant qui n'ait son propre goût.
Le pauvre charbonnier à sa mode fait fête.
Il a blanchi son front, il relève sa tête,
Son cœur et tous ses sens se portent vers les cieux;
A peine est-il à lui depuis que de ses yeux

Il voit son bienfaiteur dans sa vivante image;
Il offre volontiers ce qui lui reste d'âge,
Si Dieu pour conserver l'objet de tant d'amours
Daigne se contenter de l'offre de ses jours.
Il parle à ses égaux ce Français si sincère,
Et fait de ses désirs leur commune prière;
Et pour la même fin leurs vœux sont réunis;
Ce sont eux qu'on a vus donnant dans Saint-Denis
L'exemple édifiant d'une impression sainte
Et du lugubre autel garnir l'auguste enceinte,
Et puis mêlant leurs voix aux tristes chants du deuil
Arroser de leurs pleurs le douloureux cercueil
Où..... Mais le deuil se tait quand parle l'allégresse.
Ils ont, prêts à voler aux pieds de la princesse,
D'un peu du doux nectar fortifié leur cœur.
Car souvent le respect prend l'accent de la peur.
Mais quoi? Si le succès renforce le courage
N'ont-ils pas sous les yeux le souriant visage
De celle qui n'ayant en eux que des amis
De sa bénigne main leur présente son fils?
D'abord l'étonnement les tient dans le silence;
On se regarde....Enfin , » ô bonne providence !
» Dit le guide, quel jour pour nous et nos pays! ( * )
» Oui le bon Dieu nous aime, et la France et Paris.
» Madame la Duchesse, oui ce grand Dieu protége
» Le Roi, la Cour, les grands, tout le monde , que sais-je?
» Nous pauvres ouvriers qui vous aimons d'honneur,
» Puis qu'il nous rend par vous la vie et le bonheur.
» Qu'aimable est ce cher Duc ! Que sa vue a de charmes!
» Il sera notre Père.....A ces mots quelques larmes

_____

( * ) Termes d'usage chez les ouvriers.

Paraissent s'émouvoir et dans les yeux rouler,
Et la princésse aussi sent les siennes couler.
Qui ne se complairait en ces douces images ?
C'est un enfant du ciel que visitent les mages,
C'est la fille des rois qui d'un peuple d'amis
Partage les respects qu'il vient rendre à son fils.
C'est ce peuple qui loin d'outrager la faiblesse
Lui porte honneur et va, guidé par la sagesse,
S'en dire défenseur et promettre à ses jours
Contre tout accident prévoyance et secours.
Il n'en est pas besoin..... Au trésor de la France
Quel cœur n'est dévoué ? Qui n'aurait confiance,
O céleste nourice, en ta fidélité ?
Ah n'est-ce pas au nom de la divinité
Que tu te fais pour nous une seconde mère ?
Par tes droits près du fils tu remplaces le père,
Par tes soins maternels Caroline et son cœur,
Par tes vœux de la France et l'amour et l'honneur....
Des humbles portefaix le groupe se retire,
Joyeux quoi qu'à regret et non sans se redire
Le gracieux accueil, la parole, l'accent,
Qui les fit tous heureux dans un si court moment :
» Mes amis c'est au nom de la bonté divine
» Qu'il vous faut souvenir du fils de Caroline. »
Sur l'hommage rendu par l'ordre masculin
Prend exemple aussitôt le monde féminin.
D'offrandes, Geneviève ( * ) a rempli sa corbeille;
Et saisissant l'instant que le désir surveille,
Elle entraîne à sa suite un cortège de sœurs.
Que semble figurer l'élite de ses fleurs;

---

(*) Nom de la patronne de Paris.

Par les soins qu'ont unis et l'aimable Henriette
Et la charmante Adéle et la gentille Annette,
La blancheur des rubans, des fleurs le coloris
Disposées avec art entourent un beaux Lis;
Il brille accompagné comme de sa famille.
L'amaranthe, l'œillet, le jasmin, la jonquille
Servent d'emblême heureux aux cœurs comme aux vertus.
Mais la rose, ah la rose à côté brille plus.
Il n'est pas jusqu'à toi, riante marguerite
Toi que l'on foule aux pieds, qu'on trouve si petite
Qui n'y luise à l'égal d'un astre au firmament,
Comme à dessein cueillie, et contente en ton rang.
Tant l'art s'y fait honneur de servir la nature,
Et tant le sentiment veut un peu de parure.
Mais des brillans efforts quelques soient les apprêts
La parole n'y peut qu'ajouter des attraits.
Ces mots donc prononcés par la voie de Sophie,
Ont donné plus de grace à l'offrande choisie.
» Princesse en agréant l'hommage de nos cœurs
» C'est vous qui donnerez un vrai prix à ces fleurs;
» Dans le don qu'il nous fait Dieu veut que votre vie
» Soit pour notre bonheur de charmes embellie;
» Dans cet aimable enfant renaissent ses aïeux;
» Ah! ce que nous voyons nous rapproche des cieux,
» Il est notre soleil, vous êtes notre aurore,
» Puissiez-vous dans mille ans vous et lui l'être encore !
A ces expressions de souhaits ingénus
La princesse répond par de tendres saluts.
Par ces termes si doux, si chers à la mémoire;
» Mon fils sera le vôtre et je mettrai ma gloire
» A ce qu'on trouve en lui les mêmes sentimens
» Que Dieu voit dans son cœur et qu'ont tous mes Parens.

Ces mots vrais et sacrés répandus dans la ville
Gagnent de bouche en bouche et d'asile en asile.
Ils sont ceux du Roi même. Hé qui n'a le désir
De marquer à quel point leur prix se fait sentir ?
Ils ne sont plus ces jours de terreur et d'alarmes
Où tout retentissait du cliquetis des armes,
Où la bonté royale, outragée en ses droits,
Ne recueillait hélas qu'amertume et que croix.
Non il n'est plus en proie à sa douleur amère
Ce d'Artois jusqu'alors inconsolable père.
Il se tourne vers Dieu qui lui redonne un fils,
Puis il vient se plonger dans les bras de Louis,
Qui vivement le serre et tendrement l'embrasse.
Que l'amour fraternel a de force et de grâce
Quand la peine ou la joie en resserre les nœuds !
Alors on souffre moins ou l'on est plus heureux.
Les mêmes sentimens font la même famille,
Plus ses cœurs sont unis plus sa dignité brille.
Parmi tout ce qui vit issu du sang royal
Et dont naît à la fois l'empressement égal,
Voici que des Condés le seul Bourbon qui reste
Étouffant dans son cœur un souvenir funeste
Approche et dans ses traits se montre aussi joyeux
Que si son propre fils renaissait à ses yeux.
Tant est cher au héros le sort d'une patrie
Pour qui dans les combats il donnerait sa vie.
France, Europe, Univers, les voilà ces Bourbons
Qu'illustrent à jamais leurs malheurs et leurs noms;
Les hauts faits, les vertus en font un grand exemple,
Mais c'est en ce beau jour qu'il faut qu'on les contemple
De quoi s'occupent-ils? Du bonheur des Français
Et d'en marquer leur joie à l'aide des bienfaits.

Le Monarque a penché la corne d'abondance
On l'imite ; la joie appelle l'indigence,
Au peuple sont offerts les dons nés chez Plutus,
Chez Bacchus, chez Cérès et même chez Momus.
Plaisirs réparateurs, consolantes largesses!
Ainsi fuit de nos champs la triste sécheresse
Quand l'humide élément s'en empare à son tour.
Tel qui dans son travail portait le poids du jour
N'a plus aucun souci des peines de l'année.
De feuillage et de fleurs la tête couronnée
Un chantre de la joie, un rubicond Stentor
A gorge déployée anonce l'âge d'or;
Et des bras et des pieds il se met en cadence;
La foule est son écho, de tout côté l'on danse.
L'air dit de Henri IV et le gai violon
Et les cœurs et les voix, tout est à l'unisson,
Unisson renforcé du tambour monotone ;
Et ce qui montre enfin qu'aucun son ne détonne,
Dans les bras de sa mère on voit plus d'un enfant
Qui caresse sa joue et de l'air triomphant
De ses petites mains bat aussi la mesure.
Tant le juste et le vrai tiennent à la nature.
Dans le bonheur tout plaît comme dans la beauté.
Le calme, les transports, les ris, la gravité
Soit qu'on s'épanouisse ou bien qu'on se recueille
C'est toujours ou la fleur ou bien le fruit qu'on cueille...
Pendant que pour fêter le céleste trésor
L'allégresse du peuple est dans son plein essor
Un cortège d'élus, organe de la France,
Procède gravement et vers le Roi s'avance.
De l'espoir satisfait parle en eux le plaisir.
Ce qu'y répond Louis tient plus que du désir.

Lorsqu'au doux sentiment la vertu se marie
Le bonheur est égal mais il se multiplie.
A-t-on reçu du ciel la palme de ses vœux?
Il suffit de se voir on se le dit des yeux.
C'est ainsi qu'en la vie et dans son plus bel âge
De cœurs nés pour s'unir se forme le langage.
Mais ici qui dira, qui mettra dans son jour
Ce que des deux côtés dicte un trop juste amour,
Soit dans le souverain sa douceur paternelle
Soit dans ceux qu'il accueille un affectueux zèle?
Français, vos envoyés ont vu leur Roi joyeux,
Ils ont vu le présent que nous ont fait les cieux.
Dans ce précieux don triomphe la patrie,
Et de ce qu'il promet l'embassade ravie
Est suivie à son tour des ministres des lois
Qui dans la même ardeur ont élevé la voix.
Des arts et des talens l'élite aussi s'empresse;
L'ordre sert le plaisir; la joie et la sagesse
Se tiennent par la main ; à la sage gaité
Du monarque sourit l'égale aménité.

Le bel astre du jour épanchant sa lumière
N'atteint pas à la fois l'un et l'autre hémisphère ;
Du père des Français la tendresse en ses vœux
Jouit dans ses états d'un destin plus heureux.
De la Seine à la Meuse et de la Sambre au Rhône
L'art humain se déploie au service du trône
Non sans que le soleil ait à dire en son cours
Que la France lui doit le plus beau de ses jours ;
La terre de ses feux est-elle parsemée?
Leur clarté prête au zèle et sert la renommée.
Ce qu'a le foudre humain tonné dans l'univers
Le parlant méchanisme arboré dans les airs

Et que Polybe au sien eut jugé préférable ,
En décrit le détail , et cet art admirable,
Ce langage à la fois et public et secret
Qui de Mars a souvent secondé le projet ,
Du calme et de la paix proclame la merveille.
Nos lointaines cités, Lyon, Lille , Marseille,
Se livrent sans appel à des défis rivaux.
Et tout peuple se croit le peuple de Bordeaux.
Mais Bordeaux a saisi les pages de l'histoire;
Et veut qu'en chef pour lui tout soit trophée et gloire.
Ah ! tel qui lit ces vers pourra-t-il refuser
Un coup d'œil au tableau qu'il ne faut qu'exposer
Pour mettre en son vrai jour la royale justice ?
Quand il plut au grand Dieu de prendre en sacrifice
Du trône des Bourbons les désastres nouveaux ,
L'honneur qui ne meurt point eut encor ses héros ;
Ce qu'Orléans jadis, ce que Lyon et Lille
Firent au dernier tems pour leur donner asile.
Les peuples d'Aquitaine , épris du même amour
Pour proclamer Louis le firent à leur tour.
Un jour répond à l'autre , et celui-ci rappelle
Le moment où Bordeaux vit couronner son zèle
Par la main de la gloire et par tous les lauriers
Que destine l'honneur aux plus braves guerriers.
L'on annonce , l'on voit le royal d'Angoulême;
Ce n'est au même instant que l'enthousiasme même
Qu'un mouvement subit, qu'un cri: VIVE LE ROI ;
Et son neveu d'abord voit fondre autour de soi
Les plus prompts députés de toute la province.
Tels Bazas et Toulouse environnent le prince,
Que possède Bordeaux et que le drapeau blanc
De la tour Saint-Michel déclare triomphant.

En hâte lentement vers le temple il s'avance;
Du Saint le peuple et lui célèbrent l'assistance;
Le Prélat, le clergé sous les sacrés parvis
L'ont reçu, tous ensemble ont proclamé Louis.
Et de la plaine immense et de la longue rade,
Allez, courez, volez solemnelle ambassade.....
Peuples prenez pour guide un Roche-Jacquelin,
Ce preux chef de héros, ce prince Vendéen
En qui brille et fleurit la gloire de ses frères
Et qui porte en son corps plusieurs âmes guerrières;
Au maire de Bordeaux l'unit un doux serment
Qu'ils ont scellé tous deux d'un vif embrassement.
Voilà les deux flambeaux de la France fidèle
Et tel qui les imite est lui-même un modèle.
La Barthe et Polignac et l'Anglais Béresford
Et mille autres grands cœurs ont dans le même accord
Et les mêmes désirs que Bazas et Toulouse,
Du prince recueilli la merveilleuse épouse.
L'héroïque bravoure et l'aimable bonté
Relèvent de ses traits la noble majesté.
Son père infortuné reparaît dans ses charmes.
Ainsi que son époux quand elle allait aux armes,
Héroïne Bourbon, elle était à la fois
Et l'âme et le salut des peuples et des rois.
La prudence au courage en elle réunie
Ont fait dans ses succès pâlir la tyrannie.
Le tyran qu'elle brave évite ses regards;
Contre elle loin de lui marchent ses étendards.
Et par ses confidens la terreur le devance.
Qui connaît la terreur sait quelle est sa puissance.
Bordeaux est menacé; tout son peuple en rumeur
Entoure la princesse et veut dans sa fureur,

Jaloux sous ses drapeaux d'affronter la tempête,
Citoyens et soldats qu'elle marche à leur tête.
La princesse obéit et la voix de l'honneur
Par elle au plus timide inspire de l'ardeur.
Le superbe coursier que monte l'amazone
Semble, fier de son poids, en coursier qui raisonne.
Il la porte en tous lieux avec l'agilité
Que peut avoir un trait du zéphir respecté.
C'est Camille et Clorinde et Pallas tout ensemble;
On croit que sous ses pas l'univers se rassemble,
Les lis brillent au loin, ils flottent dans les airs,
Le canon retentit répété par les mers;
Jamais de tant d'éclat n'a brillé la Garonne.
En hâte sur ses bords la troupe se cantonne;
Les rangs, les escadrons par ordre divisés
Sur l'un et l'autre bord ne restent opposés
Que pour s'entendre mieux et vaincre la surprise.
Dans Bordeaux cependant temple, chapelle, église,
De quartier en quartier de peuples sont remplis.
C'est là surtout qu'on voit l'amour qu'on porte aux Lis.
Ils baignent les autels de pleurs les plus sincères,
Ils provoquent le Ciel par ces vives prières
Que la crainte et l'espoir dictent aux cœurs pieux.
Du peuple Bordelais en tout tems courageux,
Et que de grands revers montrèrent plus fidèle,
L'exemple, aux tems futurs, servira de modèle.
On eût dit que la France était tout en son sein,
Ou que de la sauver seul il eût le dessein;
Seul, ah! que nos neveux se gardent de le croire!
Si d'arborer les Lis son climat eut la gloire
Il ne fut en ce point que le Premier heureux.
Dans Linch suivant pour guide un maire valeureux

Sans doute il eut tout droit à la reconnaissance
Que d'un Duc de son nom acquitte la naissance.
D'un peuple et de son Roi délicieux retour.
Mais quel charme et quel prix dans ce combat d'amour.
Un peuple veut un titre et l'amour le réclame,
Son Roi l'avait promis et l'amour le proclame.
Ainsi par de beaux noms, par des titres choisis
La vertu sur le trône ennoblit ses amis,
Et l'on verra plutôt le sommet des montagnes
S'abaisser et se mettre au niveau des campagnes
Avant que cet accord si dignement rempli
Déplaise à nos neveux ou tombe dans l'oubli.
Heureux qui décrira ces fêtes Bordelaises
Qui vinrent consacrer tant d'honneur et tant d'aises!
Nous, Muse, bornons-nous au berceau fortuné
En qui pour faire hommage à l'enfant DIEU DONNÉ,
Des dames de Bordeaux déjà la prévoyance
A fait, comme l'on dit, les honneurs de la France.
Dans ses compartimens élégamment tissus,
On admire; on ne sait ce qui charme le plus,
La fleur ou le ruban, le fin lin ou la gaze:
Sitôt qu'on l'aperçoit on demeure en extase;
Le dessin, le travail, la richesse, le goût
Tout y semble divin; l'invention surtout
Est un champ de mémoire où l'esprit se retrace
L'immensité des tems et franchit leur espace.
Les torts et les malheurs d'un monde criminel
Les célestes fureurs, l'abîme universel,
Tout cède, tout s'oublie; on ne pense qu'à l'arche,
Qu'à l'heureuse famille et qu'au cher patriarche
Qui, protégé du ciel, sauva le monde entier.
Mais on voit en effet le rameau d'olivier,

Son verdoyant feuillage et l'oiseau qui le porte,
*Douce et tendre Colombe*; et d'aise tout transporte;
On savoure en son cœur le premier des bienfaits,
Le calme du bonheur, le charme de la paix.
Vous, Français, ah! croyez qu'une vertu réelle
Voudra tout ce qu'annonce une offrande si belle.
Le grand Dieu qui commande à la fureur des flots,
Par de propices vents en va chasser les eaux ;
A rien se réduiront nos antiques disgrâces
Et de nouveaux bienfaits en couvriront les traces.
Dans le berceau des Lis repose un fruit du ciel;
Il semble un bel agneau déposé sur l'autel.
Le peuple auprès de lui se rend comme en un temple;
Avec avidité le plaisir le contemple;
Sa bonne et tendre mère à tous en fait présent;
Qui l'a vu le veut voir; tant de monde est présent
Et reste ou se succède, ou vient et va sans cesse,
Que dans l'immense enceinte on se trouve à la presse,
Et qu'enfin pour répondre à tant d'empressement
On ouvre les grands jours du royal logement.
Et le vaste terrein dit aussi Tuileries
N'en déplaise aux massifs, aux bordures fleuries,
A bientôt dans son sein réuni tout Paris.
Le fortuné jardin devient un paradis,
De la divinité l'œil dévore l'image,
Tous les cœurs rassemblés ne font qu'un seul hommage.
O parterre, ô jardin vos arbres et vos fleurs
N'ont plus qu'un faible éclat où brillent tant de cœurs.
Quelques soins que vous donne ou le zèle ou la grâce,
Un siècle, une saison vous change ou vous remplace ;
Mais l'amour du Français pour les fils de ses rois
Ne connaît dans son cœur ni changement ni loix.

Il est pur, il est ferme, et si par fois le crime
Contre ce qu'il chérit violemment s'anime,
On voit ce qu'il en souffre à sa morne douleur,
Ou ce qu'il désirait quand libre est son ardeur.
Et toi père du jour, astre dont l'influence
De tout ce qui prend vie égaie l'existence.
Le petit Dieu donné te ressemble en ce sens
Qu'il naît pour ranimer nos cœurs et nos accens.
Assez et trop long-tems au fond de leurs retraites
La gêne a retenu nos timides poëtes,
Comme en un vrai printems eux et nos orateurs
Vont célébrer du ciel les nouvelles faveurs ;
Tandis que d'un trésor si cher à la patrie ;
Le portrait brillera sous les doigts de Couprie,
Rougemont, Désaugiers, Braziers, Chazet, Janin,
Joindront leurs chants à ceux d'un Dubois, d'un Damin.
L'allégresse jamais n'eut de plus justes causes.
C'est maintenant qu'il faut, mêlant les Lis aux roses,
A la mère, à son fils, offrir à pleines mains
Tout ce qui peut flatter les regards des humains.
C'est aux saints lieux d'abord qu'il faut chanter sa joie.
Là, pour fêter le don que le ciel nous envoie,
Que dans le même but s'unissent tous les cœurs.
Imitant de concert les angéliques chœurs
Et leurs hymnes de grâce et leur sainte harmonie
Qu'un si doux mouvement s'étende sur la vie.
Qu'une telle douceur riche de tant d'attraits
Par de fâcheux écarts ne s'altère jamais.
Dans ces heureux momens un si précieux gage
Du bon tems qui revient est un bien sûr présage.
Après tant de fléaux qu'elle félicité
A l'horizon français ménageait ta bonté.

O Dieu de l'univers !.... Que les cieux t'en benissent,
Que de doux chants nos murs et les airs retentissent !
Que les fleurs et l'encens surchargent nos autels
Et de leur sainte odeur remplissent les mortels !
Ce n'est pas tout, grand Dieu ! Ta suprême largesse
Va toujours au devant de l'humaine faiblesse.
Ses désirs, ses besoins sans cesse renaissans
Sollicitent tes soins, tes regards consolans ;
Que de maux, tu le sais, affligeaient notre terre
Lorsque tu l'épurais au creuset de la guerre !
Dis, en nous assurant le plus grand des bienfaits,
Que la paix et ses dons ne le quittent jamais !
Mais voici que d'un roi ton image, et leur père,
L'œil promet aux Français ce que chacun espère.
Dans ses vastes états s'ouvrent tous les trésors,
Et des peuples divers ranimant les efforts,
Au travail, au commerce il redonne une vie
Qu'un prompt retour de fête égaie et sanctifie.
Du peuple d'Israël tels les fastes sacrés
Nous citent d'heureux jours saintement célébrés.
Et leurs joyeux banquets et leurs danses pieuses,
Où pour mieux illustrer des époques fameuses,
On prolongeait la fête en ses premiers instans
Et sa solemnité renaissait tous les ans.
On redit de David les cantiques sublimes,
On cite de son fils les nombreuses victimes,
On rappelle une Esther sauvant sa nation,
Ou bien une Judith, dont on bénit le nom,
La tendre piété, la force, le courage
Et toutes les vertus, gloire de son veuvage,
Et dans tous ces beaux noms et dans tous ces bienfaits
De la bonté du ciel on chante les effets.

De ce qui consola Joseph, Job et Tobie,
C'est, comme ils le faisaient, c'est Dieu qu'on remercie.
On nomme enfin Joas..... Mais puisqu'on est Français
On vante aussi des noms qu'on n'oubliera jamais.
On se dit qu'on verra, même en son plus jeune âge,
Dans le cher DIEU DONNÉ, Charles V, dit le sage.
Ferdinand s'offre en suite, hélas c'est le premier
Qu'on vit dans nos confins sous ce beau nom briller.
Mais quoi! si dans le fils on croit revoir le père,
Que n'en pas espérer ? Il console sa mère ;
Ainsi de Louis IX l'aimable piété
Des pères passe aux fils en propre hérédité;
Ainsi de Ferdinand l'amitié conjugale
Se change dans le sien en vertu filiale;
De tant d'autres vertus, de nobles qualités
Dont comme en nos grands rois ses jours seront ornés
Pour annoncer du moins l'approchante existence
Citons d'un cœur français la naïve sentence,
Et prêtons ce grand texte au plus vaste pinceau.
Il entre : un groupe insigne entourait le berceau,
Il s'écrie ; ah ! Je vois ici toute l'Europe.
C'était comme à coup sûr prononcer l'horoscope.
Des plus belles vertus l'assemblage présent
De la prédiction était le vrai garant.
Au nom des souverains alliés de la France
Leurs agens par des vœux en scellaient l'assurance.
Ce que peut être un prince, obligeant, généreux,
Grand, noble, magnifique et brave et courageux;
Ce qui fait que le riche et l'estime et l'honore,
Ce pourquoi l'indigent le bénit et l'implore;
Tous les dons en un mot qui font les rois chéris
Et leurs peuples heureux et leurs voisins amis;

Un espoir si flatteur est déjà jouissance,
Un berceau le promet ou mieux l'offre à la France,
L'Europe s'y complait dans ses ambassadeurs;
Eux témoins glorieux de toutes ces douceurs
Bientôt les rediront au reste de la terre.
Ce récit sortira des bords de l'Angleterre
Où triomphe en son cœur le héros Wellington,
Honneur de son pays, l'ami du sang Bourbon.
Des autres régions, Prusse, Autriche, Russie,
Les sages potentats qui de notre patrie
Ont bravé les tyrans et dompté leur fureur
Voyent, non sans plaisir, notre loyale ardeur.
Naples dans les tourmens et la triste Italie
L'opposent pour augure aux projets de l'envie ;
Le vaillant Portugais et l'Espagnol constant
En reprendront courage et se diront souvent
» Le Dieu des nations qui protège la France
» Des peuples ses amis prend aussi la défense.
» Le même astre nous luit, c'est un Bourbon de plus;
» C'est cent bienfaits pour un que nous avons reçus. »
Mais pour nous, ô Français, que de fêtes en une!
Non ce n'est point un don de l'aveugle fortune
Que l'enfant qui nous vient causer tant de plaisir ;
Il est tout puisqu'il met le comble à nos désirs :
Ce trésor détaché des éternelles voûtes
Des esprits inquiets dissipe tous les doutes;
Tu règnes, ô grand Dieu, sur l'immense univers,
Tu n'en dédaignes pas les mouvemens divers,
Ni l'infini détail; tu veux que notre France,
Avouant tes faveurs, exalte ta puissance.
Et par l'heureux effet d'un tendre souvenir
De ces signes certains qu'elle aime à te bénir.

Ta sagesse a voulu qu'en traits dignes de gloîre,
La France au premier rang figurât dans l'histoire;
Dans ses princes tu mis ce goût de piété
Qui de fleaux divers sauve l'humanité.
S'il n'en était ainsi la sacrilège guerre
Bientôt de flots de sang inonderait la terre.
Il s'uffirait d'un monstre expert en noirs forfaits
Pour couvrir nos climats de deuil et de regrets;
Mais le Dieu des Bourbons nous tend une main sûre;
Et si d'un arbre sain la sève est toujours pure
Depuis l'heureux serment qu'à prononcé Clovis:
Est-il de plus doux noms que Charle, Henri, Louis?
Ces beaux noms ajoutés à celui de Marie,
Quels charmans pronostics pour la plus digne vie!
Un de nos Rois obtint que la reine des cieux
Eût le second autel dans les augustes lieux;
Le tems a confirmé ce culte secondaire;
Dont chaque jour fit voir l'épreuve salutaire.
L'espoir suit le désir quand c'est la piété
Qui règne au nom du ciel et sert l'humanité.
Un trait noble ici s'offre au burin de l'histoire;
Il sera quelque jour gravé dans ta mémoire,
Enfant si cher au monde, et mettra sous tes yeux
Le secret d'être aimé connu de tes aïeux.
Par l'effet imprévu d'un instrument perfide
L'un d'eux ( l'avant-dernier ) se surprend homicide.
Et la plainte subite et son funeste cri
Lui disent que le plomb a frappé son ami.
Secourir et pleurer la victime innocente,
Et ne la plus quitter, la voir hélas mourante
Par ses divers dégrés aigrissant sa douleur.
Quelques rapides jours consomment son malheur;

Lui-même eût succombé..... mais quelque soit l'épreuve
La sagesse l'emporte; il a craint qu'une veuve,
Qui porte dans son sein un quatrième enfant,
Ne succombe à son tour à son propre tourment,
Et que trois orphelins ne suivissent leur mère.
En lui la Providence à tous assure un père,
Un père se vouant à leurs moindres besoins;
Mais dans tous ces détails la constance des soins
N'est encore à ses yeux qu'une œuvre de justice;
Innocent il s'impose un durable supplice,
Une loi de rigueur qu'on ne peut trop citer,
Et du prix le plus grand pour qui sait l'imiter.
Pour vaincre sa douleur quoique l'amitié fasse,
Son deuil le suit partout..... Il abjure la chasse.
Tout genre de plaisir n'est que dégoût pour lui.
Il n'a plus sous les yeux que son mourant ami;
Chambord est le seul nom que sa bouche profère,
Au sien est joint le deuil d'une famille entière,
Et ce double tourment change ses jours en nuits.....
A soupirer sa peine il trouve moins d'ennuis;
Dans le brillant de l'air il ne voit que ténèbres,
Et sa pensée est toute aux souvenirs funèbres.
Rien comme le chagrin ne porte atteinte aux jours;
Et les siens s'éteindront au milieu de leur cours;
D'un délit non voulu personelle vengeance.
L'exemple en est donné par un Dauphin de France
Qui toujours y pensant, mourant disait encor
O mon pauvre écuyer, mon bon ami Chambord.
Telle est d'un noble sang la force héréditaire.
Jamais dans un bon cœur le mal n'est volontaire;
Contraire à son penchant un tort peut s'excuser,
Mais son oubli jamais ne peut s'autoriser.

On se doit tout entier aux maux dont on est cause,
A ce seul titre en paix l'innocence repose.
La paix se fait toujours compagne des vertus.
S'agit-il des Bourbons : disons encore plus?
C'est chez eux, c'est dans eux qu'il faut suivre l'enfance
Si d'un cœur de bonté l'on juge à l'espérance.
Tel ce prince Dauphin promettait en naissant,
Ce qu'on le vit toujours ou vivant ou mourant.
Balbutiant à peine et n'ayant de langage
Que ce que la nature en donne au plus jeune âge,
Par ses gestes du moins il tentait d'exprimer
Ce qui causait sa gêne et devait la calmer.
Sa vive inquiétude étonnait sa nourrice
Qui cherche et trouve enfin l'objet de son supplice.
Un timide indigent le saluant de loin,
De la tête et des bras exprimait son besoin.
D'un côté le désir et de l'autre l'instance
Figuraient un conflit, un combat d'éloquence.
Mais le prince est vainqueur, car tout parlait pour lui;
On soulage sa peine avec celle d'autrui
Et le bonheur devient le lot de l'indigence
Et la sérénité le bonheur de l'enfance.
O toi! jeune héritier du prix de ses beaux traits,
Astre du grand espoir, dans tes naissans attraits,
Des bienfaits si le goût doit ouvrir ta carrière
Ne cesse, aimable enfant, de sourire à ta mère,
De ton âme en tes yeux qu'admirant la beauté
Les siens, de son époux, retrouvent la bonté!
Si par fois tu lui vois des signes de tristesse
Deviens-en le vainqueur par ceux de la tendresse.
Un jour en apprenant les maux qu'elle a soufferts
Tes bons soins charmeront ses souvenirs amers.

Comme le fait déjà ta joyeuse naissance.
Quand le gage est présent que ne peut l'espérance ?
La tristesse il est vrai peut encor revenir,
Car toujours la vertu trouve de quoi gémir ;
Mais enfin le chagrin laisse tomber ses armes
Quand ce qui s'offre à lui le combat par des charmes
Quand il n'aperçoit plus qu'images du printems
Que gaité, que candeur, que sources d'agrémens.
Ainsi lorsque l'hiver a cessé ses ravages.
L'onde libre en son cours suit ses rians rivages.
Tout s'anime à l'envi, feuilles, fleurs et rameaux.
Les bergers dans les champs remènent leurs troupeaux ;
Les vergers et les prés se couvrent de verdure,
La brillante Cérès commence sa parure,
L'alouette s'élève en chantant ses amours,
Philomèle s'égaie annonçant les beaux jours.....
Et le soleil enfin père de l'existence
De plus en plus répand sa bénigne influence.
Tel, ô céleste enfant ! cher objet de nos vœux.
Puisses-tu ne couler que des momens heureux !
Si tu te sens jamais atteint de maladie
( Anges défendez-en une si chère vie ! )
Alors on te dira pour calmer tes douleurs
Que tes premiers parens ont vécu dans les pleurs.
Toi pleurer ! Ah ! ta mère en a versé bien d'autres
Et les tiennes jamais n'égaleront les nôtres.
Mais quoi ! jette les yeux sur ta gentille sœur !
Un geste de sa main commande la douceur.
Je la vois qui du doigt te fait signe de rire.
St, st n'est rien qu'un son mais tout ce qu'il veut dire
Déjà tu le comprends, car déjà tu réponds
Et tu fais voir qu'en toi vit l'âme des Bourbons.

» N'affligeons nul vivant, dis-tu par ton silence. »

Bornons ici ces vers, qui, faibles d'éloquence
En bien des lieux pourtant trouveront des lecteurs.
Dans leurs jeux enfantins les frères à leurs sœurs
En rediront les mots rapprochés de leur âge.
Le sentiment y brille, il a pour lui le sage.
Que si dans ses dédains l'altière impiété
Qui prétend pour soi seule au droit de liberté,
Rejette du sujet et le fond et la forme ;
Nous la laissons s'ébattre en sa marche difforme.
Que nous ayons pour nous les cœurs des vrais Français,
C'est bien pour nous flatter d'un glorieux succès.
Pourtant dans nos récits pieux et véritables
S'il se trouve des noms pris des antiques fables,
L'usage les consacre ; un trait se peint d'un mot,
Un tel mot n'est plus fable et n'est jamais de trop.
Quel beau jour ce fut donc pour nous, pour notre France,
Quand la main du plaisir couronna la constance,
Quand du ciel accueillis nos désirs et nos vœux
Apprirent aux mortels comment on est heureux.
Délicieux instant, moment qui dure encore,
Et d'un bien autre éclat qu'un brusque météore
Puisqu'il laisse après lui des souvenirs si doux
Aux enfans, aux vieillards, aux veuves, aux époux.
Qui tous amis du ciel par leurs vives prières
Et de leurs cœurs unis l'épanchement sincère
Ont attiré sur eux le plus cher des bienfaits
D'où doit renaître enfin l'éclat du nom Français.
Ainsi quand d'un Condé la vénérable fille
Forme au pied de l'autel une sainte famille,
A sa pieuse ardeur le ciel entr'autres prix
Accorde le retour de l'ordre dans Paris,

L'honneur commande au tems; sa voix est entendue
Le tems du grand Henri relève la statue
Et tout Paris l'admire en son lustre nouveau,
On croit que c'est l'amour qui sort de son tombeau;
On voit tous les Bourbons dans le prince qu'on aime,
En voyant son portrait on se le peint lui-même.
Du héros qu'on admire on en vient au cheval,
Au marbre qui le porte, et jusqu'au piedestal;
Et la pierre et l'airain là tout parle tendresse
Et ce n'est dans les airs que signes d'allégresse.
*Vive Louis XVIII, vivent tous les Bourbons!*
Ces mots, d'un grand amour promptes expressions,
Éloge du Français, le font toujours connaître,
Et bien plus en ce jour où l'un d'eux vient de naître.

## A MADAME DE GONTEAU,

Qui a bien voulu donner le dessin de
l'Arche.

En vous offrant ces vers, fruit des plus doux momens,
Mon cœur vous offre aussi les plus doux sentimens,
Madame, et je remplis une bien juste dette;
Peut-être il eût fallu pour la payer complette
Qu'un autre y mît la main; mais déjà l'amitié
Par ses sages conseils s'y trouve de moitié,

Et ce qui de l'auteur décida le courage,
Vous-même avez daigné prendre part à l'ouvrage.
Il doit à vos bontés le premier de ses traits,
C'est l'arche de Noë qui fait tous ses attraits
Ou qui répand sur lui sa gloire principale.

On se figure ici la ville capitale
Qui jette son éclat sur les autres cités
Et fait qu'avec honneur leurs noms seront cités
Pour avoir à leur tour, par des signes de joie,
Célébré l'heureux don que le ciel nous envoie
On exalte à bon droit un Paris, un Bordeaux,
Mais plus on a d'éclat plus on a de rivaux.
Il n'est simple bourgade, il n'est chétif village
Qui n'en ait prétendu l'honneur et l'avantage.
Ce fut un vrai plaisir de voir jusqu'aux hameaux
Égaler en ardeur Amiens, Soissons et Meaux ;
Et mainte ville encor plus ou moins renommée.
Quelle âme en si beau champ ne se sent enflammée ?
Qui ne brûle de peindre alors ses sentimens ?
De son cœur qu'avec joie on suit les mouvemens !
Vous jouissez de plus de l'unique avantage
De servir aux heureux de mutuel langage ;
Du gentil nouveau né vous comprenez les ris,
C'est la paix de son cœur.... S'il jette quelques cris
Vous entendez soudain ceux de toute la France
Et vous y répondez par ceux de l'espérance
Que rappelent vos soins couronnés de succès.
Par votre organe enfin de l'amour des Français
Sa précieuse mère ouït le doux langage,
Et vous, Madame et vous, des bons anges l'image

I

Soit qu'au joli Berceau s'attachent nos respects,
Soit qu'à son alentour voltigent nos souhaits,
Dans ce que sont nos cœurs pour le fils et la mère,
Vous jugez combien peu vous êtes étrangère.

F I N.

www.ingramcontent.com/pod-product-compliance
Lightning Source LLC
Chambersburg PA
CBHW071252210626
46818CB00013B/1401